# Pom-pom girls

Parfum d'encre
160, rue Saint-Viateur Est, bureau 404
Montréal (Québec) H2T 1A8

Révision : Ginette Choinière

Dépôt légal, 2ᵉ trimestre 2012
Bibliothèque nationale du Québec

Parfum d'encre reconnaît l'aide financière du gouvernement du Canada par
l'entremise du Fonds du livre du Canada pour ses activités d'édition. Parfum
d'encre est aussi inscrit au programme de subvention globale du Conseil des Arts
du Canada et reçoit l'appui du gouvernement du Québec par l'intermédiaire de
la SODEC.

Parfum d'encre bénéficie également du Programme de crédit d'impôt pour
l'édition de livres — Gestion SODEC — du gouvernement du Québec.

**Catalogage avant publication de Bibliothèque et Archives nationales du
Québec et Bibliothèque et Archives Canada**

Ruiz, Agnès
Pom pom girls
L'ouvrage complet comprendra 8 v.
Sommaire : t. 2. Le secret de Brittany.
Pour enfants de 8 ans et plus.
ISBN  978-2-923708-66-9 (v. 2)
I. Cazazian, Roselyne. II. Titre. III. Titre : Le secret de Brittany.
PS8585.U527P65 2012   jC843'.6   C2012-940132-3
PS9585.U527P65 2012

Imprimé en Chine

# Pom-pom girls

## 2. Le secret de Brittany

### Agnès Ruiz

ILLUSTRATIONS DE
**Roselyne Cazazian**

Parfum d'encre

## REMERCIEMENTS

Je tiens à remercier Sophie Michaud pour sa lecture attentive et ses conseils judicieux et constructifs. Je tiens aussi à remercier Ginette Choinière, Mathieu Lavoie et tous ceux qui ont touché de près ou de loin à la réalisation de la série.

Je remercie Roselyne Kazazian pour ses belles illustrations et pour son enthousiasme tout au long de cette aventure des Pom-pom girls.

Une pensée toute spéciale pour mes trois enfants et mon mari, pour leur patience, leur écoute et leurs remarques dans l'élaboration de chacun des tomes.

À mes filles, Laurayne et Kimberly,
et à leur meilleure amie, Améliane,
mes inspiratrices pour cette série

# Présentation des personnages

## L'équipe des Étoiles

Les Étoiles sont des meneuses de claques qui fréquentent la même école secondaire. Elles accompagnent toujours les joueurs de basket-ball de l'école pour leurs matchs.

## Jade

Elle s'intéresse à l'écologie, adore le vert et les cerfs-volants. C'est souvent elle qui propose de nouvelles acrobaties. Elle raffole de la mode et des designers. Elle a toujours un carnet de croquis avec elle et dessine des vêtements.

## Ophélia

Elle adore la crème glacée à la fraise, la mode et les magazines de filles. Elle se passionne autant pour la gymnastique que pour la lecture. Elle a un petit faible pour Mike, le capitaine de l'équipe de basket-ball. Elle aime beaucoup les enfants et fait régulièrement du gardiennage.

## Kimisam

Elle adore le hip-hop, les langues étrangères et les boucles d'oreilles. Elle est petite et légère. Elle se retrouve toujours au sommet lorsqu'on fait des acrobaties aériennes en porté. Elle a parfois mauvais caractère, mais n'est pas rancunière.

## Diatou

Elle n'a peur de rien ou presque... Elle pratique
la planche à neige et le parachutisme. Elle est
abonnée au *MagaZtrême*, un magazine de sports
extrêmes. Elle peut se montrer impulsive, ce qui
la met parfois dans des situations délicates. Son
humour et sa bonne humeur plaisent beaucoup
aux Étoiles.

## Marisol

Elle adore la botanique, les courses de vitesse et
le chocolat noir. C'est la « garçonne » de l'équipe.
Elle pratique le cyclo-cross et rêve de participer
au Championnat du monde. Passionnée
d'informatique, elle conçoit des jeux vidéo,
dont un sur un jardin virtuel.

## Brittany

Elle adore chanter, jouer de la guitare et écouter des comédies musicales. Elle est timide et romantique. Elle fait des mouvements incroyables avec ses pompons. Elle collectionne des cartes de meneuses de claques du monde entier.

## M^me Jordan

Elle entraîne l'équipe des Étoiles depuis 15 ans. Elle enseigne la gymnastique à l'école secondaire. Elle est dynamique et à l'écoute des filles. Elle exige que ses élèves aient des résultats scolaires aussi bons que leurs résultats sportifs.

## L'équipe des Flammes

Ce sont les rivales des Étoiles. Elles étudient à l'école secondaire voisine. Mircia, la capitaine, est toujours prête à malmener les Étoiles à la moindre occasion.

## CHAPITRE 1

# Stage de perfectionnement

Je ne tenais plus en place! C'était super méga génial, nous partions une semaine pour un stage de perfectionnement. Destination : l'Angleterre! Oui, oui, je sais, seulement l'Angleterre! Surtout qu'on aurait pu aller à Ottawa ou aux États-Unis, comme cela se faisait avant, la plupart du temps. Notre professeure d'anglais avait été inflexible. Elle s'est même débrouillée pour que le séjour ne coûte pas les yeux de la tête. Chapeau bas parce que l'école et les parents devaient contribuer aux frais.

Sans compter notre propre participation. Pendant deux semaines, juste après les cours, on s'est postées aux caisses des supermarchés pour emballer les courses des clients. Nous avions chacune une jolie tirelire qui indiquait la raison de cette collecte de fonds et, bien sûr, nous étions en tenue de meneuses de claques. On peut dire qu'on en a vu de toutes les couleurs, des clients super méga généreux aux grincheux les plus antipathiques. Nous n'avons pas été avares ni de sourires ni de bonne humeur pour cette collecte, foi de pom-pom girls.

La partie la moins chouette, c'est que Kimisam n'était pas du voyage. Ses parents lui ont dit qu'ils ne pouvaient pas lui offrir ce «luxe» en ce moment. Kimisam s'est laissée emporter par son caractère. Elle leur a fait une scène terrible! Elle a crié et crié contre ses parents comme quoi ils ne voulaient rien entendre et ne comprenaient pas que son avenir DÉPENDAIT

de ce stage d'anglais! Bien sûr, Kimisam a exagéré. Elle le sait, mais ça a été plus fort qu'elle. Comme une bouilloire où la vapeur monte, quoi! Je ne sais pas comment j'aurais réagi à sa place.

Kimisam a toujours été passionnée par les langues étrangères. Elle est sans conteste la meilleure d'entre nous, autant en anglais qu'en espagnol, alors un stage de perfectionnement n'était pas réellement vital pour son avenir, il faut être objectif.

Le jour du départ, ses parents l'ont accompagnée pour nous dire au revoir. J'ai compris que Kimisam leur en voulait d'être là! Peut-être qu'ils souhaitaient simplement s'assurer qu'elle ne monte pas en cachette avec nous?

Assise dans l'autobus qui nous emporterait sous peu vers l'aéroport, j'ai posé ma main à plat contre la vitre. Kimisam a levé son bras le plus haut qu'elle pouvait. Elle était sur la pointe des pieds pour partager ce dernier instant de connivence.

Ses yeux brillaient trop; les larmes n'allaient pas tarder à couler. J'avais l'estomac tout retourné de partir sans elle. Sa mère était debout près de la voiture. Ses épaules étaient secouées de soubresauts qui trahissaient son chagrin; elle pleurait de savoir sa fille si triste.

Je sais qu'ils ne l'ont pas fait exprès de refuser ce voyage à Kimisam. Ils ne pouvaient pas, c'est tout. Kimisam nous l'avait avoué la veille. Son père était au chômage depuis plus de six mois. J'ai enfin compris pourquoi Kimisam refusait de venir flâner avec nous dans les boutiques ces derniers temps. C'est vrai qu'on finissait presque toujours par craquer. Pour Kimisam, c'était fini l'argent de poche, jusqu'à nouvel ordre. C'est elle qui nous l'a dit entre deux sanglots. Kimisam n'aurait pas pu nous cacher son secret éternellement. Elle l'avait gardé aussi longtemps qu'elle avait pu le faire.

Tandis que le bus démarrait, je revoyais en pensée l'accès de colère de Kimisam quand elle avait vendu la mèche au sujet de son père. On lui a juré qu'elle avait bien fait de tout nous dire. Sauf Brittany, qui a dit quelque chose qui m'a surprise et intriguée.

— Il y a parfois des secrets qu'on ne peut pas dire.

C'était sorti très doucement. J'étais la seule à l'avoir entendu. On s'est regardée toutes les deux, comme si... Je ne sais pas trop. Est-ce qu'elle pensait à sa mère ? Je n'ai pas eu l'occasion de la questionner. Kimisam continuait sa crise de protestation. Sûre qu'on pouvait l'entendre à des kilomètres à la ronde. Malgré son petit gabarit, elle a une voix incroyablement forte, Kimisam !

## CHAPITRE 2

# Londres

C'était un réel plaisir de flâner dans Londres avec Ophélia, Diatou, Marisol et Brittany. On lorgnait les boutiques avec délice. Dans l'une d'elles, j'ai trouvé une paire de boucles d'oreilles à tomber par terre! J'ai aussitôt pensé à Kimisam et à sa passion quasi délirante pour ce genre de bijoux.

— Ce serait un cadeau méga génial pour compenser son absence! Je vais les lui acheter.

— Je veux donner ma part, moi aussi! s'est exclamée spontanément Brittany.

Son offre était franchement sympathique. Elle est chouette comme fille. Je

suis heureuse de la compter parmi mes amies. Marisol, Diatou et Ophélia ne se sont pas fait prier non plus. Il y avait un joyeux brouhaha autour des futures boucles d'oreilles de Kimisam!

Après avoir visité les boutiques, on a décidé de s'arrêter chez un glacier pour manger une crème glacée, même si on était en automne. Après tout, il n'y a pas de saison pour se faire plaisir! Par contre, on a bien rigolé parce qu'il n'y en avait plus… à la fraise, la préférée d'Ophélia! Elle n'en revenait pas qu'on puisse en manquer.

— Tout commerçant digne de ce nom DOIT avoir ce parfum en tout temps pour sa clientèle. C'est OBLIGATOIRE.

Ophélia jouait l'outrée comme une diva… pour une crème glacée! Sa passion pour la lecture attisait son imagination, c'était clair. Gardant ses airs de Grande Dame, elle nous a entraînées deux boutiques plus loin pour trouver

SON bonheur. Des éclats de rire joyeux sont sortis de sa gorge tandis qu'elle se régalait, les yeux à demi fermés! Ophélia devrait s'essayer au théâtre. Elle semble maîtriser l'art de la tragédie... comique!

L'après-midi tirait à sa fin et mes amies voulaient rentrer, prétextant mille raisons. Cela ne me tentait pas.

— On est à Londres, quand même! Ce n'est pas rien. Je ne sais pas quand je pourrai revenir en Angleterre, alors je veux en profiter au maximum.

— Et tu veux aller où? J'ai mal aux pieds, s'est plainte Diatou.

Un vent léger soufflait. Ophélia a resserré sa veste. J'ai compris qu'elle avait froid. J'ai hoché mollement la tête, déçue.

— D'accord, on rentre...

Sous les soupirs de satisfaction, mon regard s'est accroché aux arbres, qui présentaient des couleurs chatoyantes, et au soleil, qui se reflétait dessus dans un spectacle qui ne me laissait pas indifférente.

— Désolée, les filles, mais je ne peux pas… je vais me promener encore un peu. On se retrouve plus tard.

Les Étoiles hésitaient à me laisser seule, mais j'ai tant insisté qu'elles ont capitulé. Après plusieurs saluts de la main, je les ai vues s'éloigner, puis disparaître au coin d'une rue. Tout en suivant des yeux un cerf-volant, j'ai débouché sur les bords de la Tamise. C'est plus fort que moi, j'ADORE les cerfs-volants, et ça, depuis que je suis toute petite. Je trouve que c'est extraordinaire de les voir bouger ainsi dans le ciel au gré des vents. Un garçon le maniait avec beaucoup de talent. Le cerf-volant était splendide, tout comme l'Anglais d'ailleurs… Mon cœur a bondi dans ma poitrine en l'apercevant! Incapable de me priver de ce spectacle, je me suis assise sur un banc pour admirer les figures aériennes et l'agilité du beau garçon. Pour ne pas avoir trop l'air de celle qui espionne, j'ai sorti mon carnet

de croquis et je me suis mise à dessiner des vêtements, ajoutant des détails par-ci par-là.

— Tu veux essayer ?

J'ai sursauté en entendant la demande en anglais du charmant inconnu. Il avait à peu près mon âge et un regard noisette à croquer. Je trouvais Londres encore plus fascinante qu'auparavant.

Il s'appelait William et il habitait tout près. En général, je me débrouillais plutôt bien dans le maniement des cerfs-volants, mais lui détenait la palme d'or. Il m'a même appris plusieurs petits trucs pour améliorer ma technique. Nous avons fait un concours de figures dans un concert de rires. C'était un enchantement. Quand un nuage a balayé le ciel, j'ai consulté ma montre, et me suis écriée, effarée :

— Je dois rentrer, c'est l'heure du repas !

William m'a proposé de partager son sandwich en me jetant un clin d'œil à tomber par terre. J'aurais dû dire non, expliquer

que mes copines allaient s'inquiéter de ne pas me voir au repas, mais je leur avais dit que je mangerais sans doute quelque part sur le pouce. Je n'avais pourtant rien prémédité de cette rencontre. J'ai donc accepté sa proposition et, le cerf-volant sagement posé à nos pieds, nous avons discuté de nos pays respectifs et de nos goûts. En examinant avec envie son cerf-volant lumineux, je lui ai dit :

— Je ne savais pas que ça existait. C'est méga génial !

— Méga génial ?

L'expression reprise par William m'a fait rire. On riait souvent, car je cherchais mes mots en anglais et lui en français. Le temps filait trop vite en sa compagnie et c'est à regret que je me suis résignée à partir, laissant William faire quelques dernières figures avec son splendide cerf-volant avant de rentrer chez lui.

Je suis revenue à la résidence des filles après l'extinction des feux ! Tout était

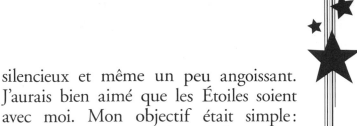

silencieux et même un peu angoissant. J'aurais bien aimé que les Étoiles soient avec moi. Mon objectif était simple : atteindre mon lit sans faire de bruit pour ne pas me faire donner un avertissement par le surveillant.

## CHAPITRE 3

# Rentrée tardive !

Quand j'ai ouvert la porte de ma chambre, le plancher a craqué! Mon cœur a bondi dans ma poitrine. Les filles d'ici affirmaient que les lieux étaient hantés. Pfftt! N'importe quoi. Je devais me ressaisir même si les couloirs étaient décorés pour l'Halloween et donnaient un petit air d'épouvante au lieu. «BOOH!»

Une fois dans ma chambre, et peut-être toujours sous l'influence de cette atmosphère si particulière, j'ai cru distinguer une étrange lueur dans la pénombre, puis une masse qui bougeait dans le lit

de Brittany. Son bras? Ça me semblait impossible. Alors quoi?

— Tu es réveillée, Brittany? ai-je demandé à voix basse.

J'ai avancé à tâtons et sursauté en entendant une voix étouffée et quasi méconnaissable.

— Jade, c'est toi?

Au même instant, la lampe de chevet s'est allumée. Brittany s'est assise dans son lit, ses deux pompons sur les genoux. Elle avait de tout petits yeux. Sûr que je l'avais réveillée. Au lieu de lui répondre, je l'ai plutôt questionnée:

— Pourquoi tu dors avec tes pompons? Tu risques de les abîmer.

Brittany a jeté un regard tendre sur ses magnifiques pompons roses sans se justifier.

— Qu'est-ce que tu faisais encore dehors à cette heure? Il est passé dix heures et tu ne connais personne ici! On a bien failli avertir quelqu'un pour signaler ton absence.

— Je suis désolée… J'ai rencontré un garçon charmant. Un garçon bien comme il faut, me suis-je aussitôt empressée d'ajouter, pour qu'elle ne se fasse pas d'idées préconçues.

J'ai reporté mon attention sur les pompons de Brittany. J'avais la sensation qu'ils lui servaient de doudou! Elle me paraissait trop grande pour en avoir un, mais je ne voulais pas la blesser en faisant un commentaire déplacé. Après tout, cela ne me regardait pas. Comme si elle lisait dans mes pensées, Brittany s'est mise à chuchoter :

— Tu n'as pas à me rendre de comptes, Jade. Et il n'est pas si tard de toute façon… C'est juste qu'on est encore sous l'effet du décalage horaire. Je me suis endormie comme une masse.

Brittany a semblé hésiter, comme si elle voulait ajouter autre chose ou comme si elle voulait continuer à jaser. Elle m'a jeté une œillade, puis a soulevé une épaule. J'ai froncé les sourcils.

— Qu'est-ce qu'il y a, Brittany? On peut parler.

— Pour qu'on ait toutes les deux des mines épouvantables au réveil?

— Tu es si fatiguée que ça? ai-je insisté.

Brittany a caressé l'un de ses pompons roses. Son œil droit a brillé bizarrement. Est-ce que c'était une larme? Avait-elle réellement du chagrin qu'elle tentait de refouler? Incapable de me taire, j'ai ajouté:

— C'est ta mère qui t'a offert ces pompons, c'est pour ça que tu y tiens tant, n'est-ce pas?

Elle a répondu « oui » si vite qu'elle m'a troublée encore plus par son attitude fuyante. L'instant d'après, elle reprenait ses pompons tout contre elle et se retournait face au mur. La discussion était close. Le message était on ne peut plus clair!

## CHAPITRE 4

# Le mystère londonien

Brittany me cachait quelque chose. J'en étais sûre. Pourquoi avait-elle laissé tomber « Il y a parfois des secrets qu'on ne peut pas dire », quand Kimisam avait fait sa crise ? Brusquement, je me suis souvenue qu'elle avait demandé si elle ne pourrait pas avoir une chambre toute seule pour le stage. Nous étions pourtant de bonnes amies maintenant. Elle ne voulait pas qu'on découvre qu'elle avait encore un doudou pour dormir ? Je pouvais vivre avec son secret sans m'en formaliser.

Agacée, je me suis glissée à mon tour dans mon lit et j'ai éteint la lampe de chevet.

La nuit enveloppante me dérangeait. Chez moi, je ne fermais jamais les rideaux et ma chambre était toujours éclairée par la lumière des réverbères. Ici, les volets étaient clos et la pièce était dans le noir le plus total. J'avais l'impression d'entendre des bruits de partout. Puis, mes yeux se sont habitués lentement à cette pénombre et je n'ai pas pu m'empêcher de fouiller du regard chaque coin de la petite chambre que nous partagions. De nouveau, il y a eu un mouvement dans le lit de Brittany, comme lorsque j'étais entrée dans la pièce un peu plus tôt.

Cette fois, il n'y avait aucune lueur. C'était sûr, l'endroit était hanté. La couverture qu'utilisait Brittany avait peut-être recouvert auparavant un mort et maintenant, son fantôme se manifestait au cœur de la nuit. J'ai pris conscience du chemin de mes pensées et je n'en revenais pas! Qu'est-ce qui m'arrivait à la fin? Jamais encore je ne m'étais laissé

emporter dans de telles extravagances. Cela ne me réussissait pas de fuir le sommeil ou de subir le décalage horaire. Dans un murmure tout juste audible, j'ai jeté aux murs silencieux :

— Je ne suis qu'une idiote. L'Halloween me fait dérailler et imaginer toutes sortes de farces…

J'ai fermé les yeux. Si j'avais pu, je me serais aussi bouché les oreilles parce que d'étranges bruits continuaient de me parvenir. J'aurais juré qu'on grattait de l'autre côté du mur.

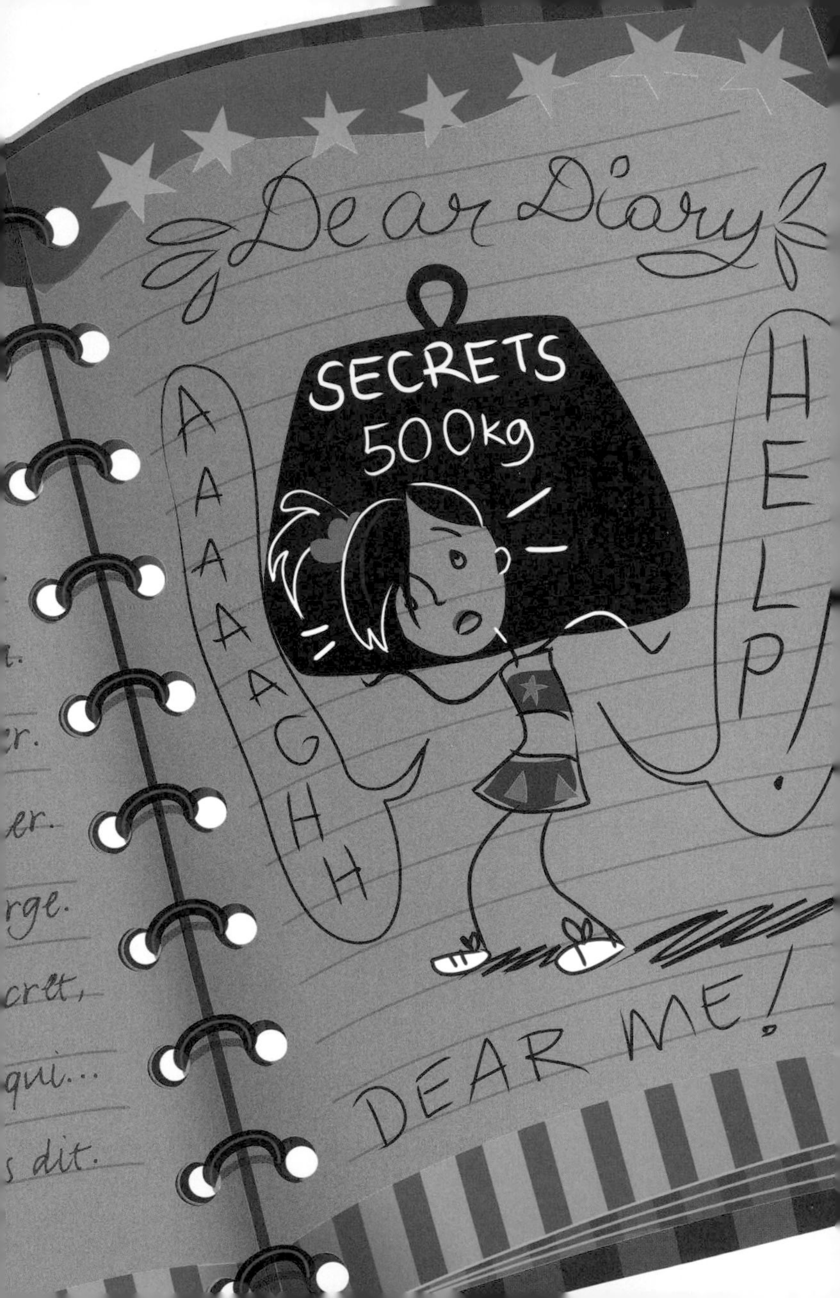
Dear Diary
SECRETS
500kg
AAAAAGHH
HELP!
DEAR ME!

## CHAPITRE 5

# Le journal de Brittany

Dear diary,

*Tu as vu, j'essaie de pratiquer mon anglais* ☻ *!*

*En fait, j'ai bien failli renoncer à ce stage de perfectionnement et pourtant, mon anglais est craignosss.*

*D'abord, je devais laisser mon chien Pompon aux bons soins de mon père. Bon ça, ce n'est pas trop durosss, je sais qu'il s'en occupera bien... Il a quand même demandé si je ne pouvais pas le confier à quelqu'un d'autre pendant mon absence* ☻. *Il y avait bien Kimisam, mais sa mère est allergique aux poils de chien. Donc, mon père était un meilleur choix* ☻.

Ensuite, c'était mes pompons… Qu'est-ce que je devais en faire? Je ne pouvais pas les laisser chez moi, tout seuls. Ils ont besoin de moi et moi, j'ai besoin d'eux. C'est compliqué tout ça. Avoir des secrets, des fois c'est lourd à porter. Mais j'ai beaucoup de mal à me confier. Les mots restent souvent coincés dans ma gorge. C'est sûr que, mon secret, je ne peux pas le confier à n'importe qui… Je ne l'ai jamais dit 😕. Il n'y a que maman qui savait!

Mais ces derniers temps, j'ai très envie de tout dire à Jade. Je ne sais pas comment faire. Hier soir, ça a failli sortir, mais à la place, je me suis retournée dans le lit. Quelle nullosss je fais 😠😠! J'enrage d'être comme je suis, incapable d'aller au fond des choses. J'envie tellement toutes ces filles que je vois et qui sont si sûres d'elles. Elles font comment? Moi, je n'y arrive pas. Maman me disait souvent que tout ça, c'était une façade, du bluff! Elle avait peut-être raison. Je n'en sais rien. Pendant ce temps, je garde mon secret précieusement.

Toujours les mêmes questionnements et ce stage remet encore une fois tout sur la table. Trop de proximité…

## CHAPITRE 6

# *Surprise, surprise*

Ce matin, notre professeure nous a emmenées au British Museum avec, en prime, une visite exclusivement en anglais. Seule contrainte, être attentives, car nous allions en débattre plus tard, toujours dans la langue de Shakespeare.

On s'est éclatées dans cette sortie, même si on n'a pas compris toutes les explications. De retour à l'école, une porte s'est ouverte à la volée sur la droite. Je n'ai pas pu m'empêcher d'annoncer :

— Regardez, il y a des pom-pom girls à l'entraînement !

On a couru vers le gymnase pour aller voir de plus près. Il y avait une vingtaine de filles, peut-être plus, et une dizaine de garçons. Je l'ai vu tout de suite, le beau William.

— Celui avec le cerf-volant? m'a interrogée Ophélia avec un large sourire.

Le groupe était disposé en trois rangées et tous avaient des pompons orangés et noirs, peut-être pour l'Halloween. En silence, on s'est assises sur le sol pour regarder les enchaînements. Personne n'avait l'air de trouver ça dérangeant et c'était bien ainsi.

La rangée du centre est passée par la droite pour se retrouver au premier rang. Les filles agitaient leurs pompons au-dessus de leurs têtes, tandis que le premier rang reculait pour se retrouver au fond tout en agitant les pompons vers le bas, bras légèrement écartés. Les garçons restaient à la même place, en boule. C'était un joli mouvement, bien coordonné et original. La musique était dynamique.

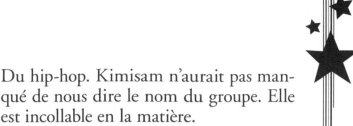

Du hip-hop. Kimisam n'aurait pas man-
qué de nous dire le nom du groupe. Elle
est incollable en la matière.

Un vague à l'âme m'a étreinte, mais il
fut aussitôt pulvérisé par une vision quasi
cauchemardesque! En face de moi, alors
que la rangée du centre des pom-pom
girls venait à son tour d'avancer, pour se
placer au premier plan, je me suis retrou-
vée presque nez à nez avec Mircia et ses
cinq copines des Flammes. Elles étaient
de l'école secondaire voisine de la nôtre.
Alors, qu'est-ce qu'elles faisaient là, à se
pavaner avec les pom-pom girls anglaises?

## CHAPITRE 7

# Ben voyons !

Marisol, qui grignotait du chocolat noir, s'est exclamée, la bouche encore pleine :

— Mais c'est Mircia et sa clique !

Comme pour le faire exprès, il y a eu une pause. Mircia ne s'est pas gênée pour trottiner jusqu'à nous, entraînant sa flopée de copines avec elle. Diatou a pouffé.

— Tiens, on a droit à la locomotive et à ses wagons.

Mircia a lorgné vers Diatou d'un air hautain, les mains sur les hanches.

— Salut, les Étoiles. Alors, c'est bien, l'anglais intensif ?

La question aurait pu être anodine. Curieusement, dans la bouche de Mircia, ça sonnait comme la pire des insultes. Elle avait un don très particulier pour faire enrager le monde, et moi tout particulièrement. Notre rivalité durait depuis longtemps. Une fois, elle m'avait même piqué un de mes petits copains. Une vraie peste, cette fille, et les autres n'étaient pas mieux.

— Qu'est-ce que vous faites là ? ai-je attaqué plutôt que de répondre à sa question.

Le sourire narquois qu'elle m'a adressé ne m'a pas échappé. Une lueur a brillé dans son regard quand elle a jeté, l'air faussement nonchalant :

— Que veux-tu, le talent des Flammes n'est plus à démontrer. On nous a invitées à venir donner un spectacle pour l'Halloween avec les pom-pom girls anglaises.

— Vraiment ?

C'était tout ce que j'étais capable de dire. Retenez-moi où je vais faire un malheur !

Je devais garder mon calme. Mon moral venait de tomber plus bas que terre!

— Eh oui, ma chère, à chacun son domaine, vous, vous devez vous améliorer en anglais et nous... on montre nos chorégraphies à l'international!

Arghhhhhh! Si je ne me retenais pas, je... je lui ferais avaler ses deux pompons l'un après l'autre pour ne plus l'entendre! Non, mais pour qui se prenait-elle? À bien y réfléchir, ce serait trop insultant pour les pauvres pompons qui n'y étaient pour rien! Mais quelle fille détestable!

— Allez, les nullardes, on vous laisse.

William s'est approché pour me dire bonjour et, presque aussitôt, une jolie blonde des pom-pom girls anglaises lui a pris le bras avec un air possessif et m'a jeté un regard du style «Pas-touche-il-est-à-moi». Elle est repartie aussitôt vers un groupe de filles. William m'a proposé de revenir faire du cerf-volant le soir même. Sa copine n'aimait pas ça, faire voler un

cerf-volant, a-t-il précisé. J'ai vu Mircia revenir vers nous sans savoir quoi lui répondre. J'étais un peu mal à l'aise par la proposition. Je ne voulais pas d'histoires avec « Pas-touche-il-est-à-moi ». Mircia a alors profité de mon silence pour minauder autour de William. Question de m'amuser, j'ai glissé :

— Tu vois, Mircia, la jolie blonde qui nous regarde en ce moment, c'est la petite amie de William.

— Tant pis pour elle, c'est tout ! susurra Mircia en agrippant le bras de William avec empressement et en l'entraînant plus loin.

Je me suis levée et j'ai quitté le gymnase, trop mal en point par ce nouveau coup bas de Mircia. Elle n'avait décidément aucune conscience, cette fille. Son avenir promettait ! Et dire que j'avais trouvé l'idée de ce stage de perfectionnement super méga génial ! Tout mon bel enthousiasme venait de tomber d'un

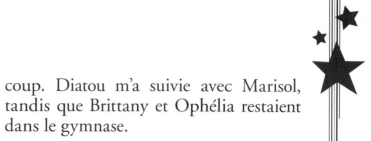

coup. Diatou m'a suivie avec Marisol, tandis que Brittany et Ophélia restaient dans le gymnase.

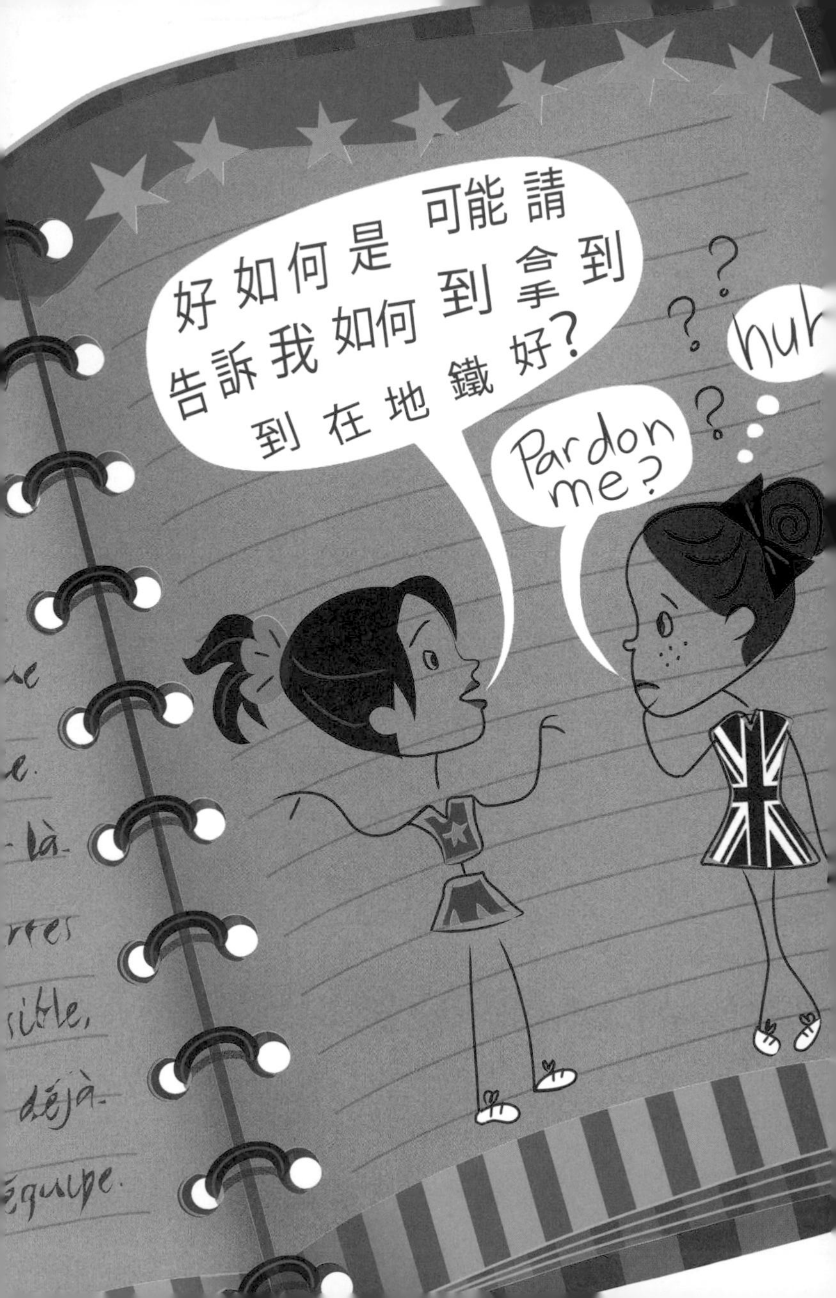
好如何是 可能請
告訴我如何到拿到
到在地鐵好?
Pardon me?
huh

## CHAPITRE 8

# Le journal de Brittany

Dear diary,

*Toujours en mode* british, *comme tu peux le voir* ●●●●.

*Mais je n'ai pas l'impression de m'améliorer* ●●. *Quand les mots franchissent mes lèvres, c'est une vraie catastrophe* ●●●. *Kimisam me répète que c'est une langue facile. C'est quoi son secret?*

*Aujourd'hui, j'ai assisté à un entraînement de pom-pom girls d'Angleterre. C'était pas mal du tout. Quand Jade est sortie du gymnase, je n'ai pas bougé, car j'avais une idée derrière la tête. Ophélia est restée avec moi. Je pense qu'elle voulait surtout m'épauler pour*

que je puisse faire ma demande un peu plus tard. Ben oui, toujours à cause de mon piètre anglais ⬤. En tout cas, c'était bien sympathique de sa part de m'offrir son aide ⬤⬤. Et d'ailleurs, heureusement qu'elle était là.

Je voulais demander des cartes de pom-pom girls anglaises, dédicacées si possible, pour la collection que je fais depuis pas mal d'années déjà. Je me suis adressée à la capitaine de l'équipe. Par contre, je me suis arrangée pour que Mircia ne soit pas dans le secteur. Je n'avais pas envie qu'elle se moque ni de mon accent épouvantable ni de ma collection de cartes.

Après plusieurs baragouinages entre la capitaine anglaise et moi, Ophélia a pris les choses en main. Je ne l'en remercierai jamais assez d'être venue à mon secours, car franchement, je me noyais. Et, dehors, il ne pleuvait pas, même si nous étions à Londres ⬤⬤⬤. Bref, dans un anglais qui aurait valu une mention « Très bien » à Ophélia, (j'en suis sûre !!), elle a fait sa demande. Et

la fille a été très gentille. Elle m'a adressé un sourire extraordinaire et nous a entraînées dans le bureau de leur entraîneur. Là, elle a ouvert un tiroir et pris un paquet. Elle l'a feuilleté rapidement en sélectionnant plusieurs cartes. Quand elle a trouvé la sienne, elle a pris un stylo-feutre et l'a signée. Mon cœur a explosé de joie et j'ai balbutié des «Thank you» en quantité astronomicosss. Tant et tant qu'Ophélia a dû me donner un coup de coude pour que j'arrête 😊.

Je sais que c'est ridicule d'agir ainsi. Mais c'est vrai que j'étais super contente et hyper angoissée… Eh oui, émotivité, timidité = Brittany!

En tout cas, me voici avec de nouvelles cartes en main! J'ai hâte de pouvoir les ajouter aux autres quand je vais rentrer à la maison. So, Good! Bye my dear Diary.

## CHAPITRE 9

# *Toute une nouvelle !*

La matinée a été consacrée à la rédaction d'articles en anglais. Notre professeure voulait qu'on fasse un journal sur notre séjour, avec photos à l'appui. L'ambiance était sympathique et on travaillait en groupe. J'aurais aimé faire ça plus souvent, même si l'anglais n'est pas ma tasse de thé.

J'avais une autre raison de me réjouir en ce doux matin. J'ai appris que Mircia et ses copines n'avaient pas été invitées pour leurs talents de meneuses de claques ! Elles étaient là, tout comme nous, pour perfectionner leur anglais. Et toc ! Ah la

chipie! Pourquoi a-t-elle toujours besoin de se montrer arrogante? Je ne devrais même pas réagir à ses débordements. Mais c'est plus fort que moi, je démarre au quart de tour! C'est par notre professeure d'anglais qu'on l'a su. En constituant un groupe important, elle a obtenu des tarifs avantageux. Elle enseigne aussi à l'école secondaire voisine. Et la capitaine des pom-pom girls anglaises a expliqué à Ophélia que c'était Mircia elle-même qui s'était imposée auprès de leur entraîneur pour participer à leur spectacle d'Halloween. M^{me} Jordan n'aurait jamais cédé si elle avait été à sa place, même sous la menace!

À midi, une rumeur inquiétante flottait dans l'air. Même si elle était en anglais, on a vite compris qu'il y avait eu un terrible accident; une fille des pom-pom girls s'était cassé une jambe! Pendant un entraînement? Se pouvait-il que ce soit arrivé à Mircia ou à l'une de ses copines? Malgré leur tendance à nous en faire voir

de toutes les couleurs, je ne souhaitais pas une telle catastrophe à l'équipe des Flammes. D'ailleurs, je ne le souhaitais à personne.

Au détour d'un couloir, j'ai croisé Brittany et Ophélia qui faisaient une curieuse tête. Ophélia m'a entraînée loin du brouhaha. Elle semblait autant excitée qu'effarée. Je ne savais pas trop à quoi m'attendre. Brittany semblait encore plus silencieuse que d'habitude. Je la trouvais très pâle aussi. Est-ce qu'elle couvait quelque chose ? Ce n'était pas le moment de tomber malade.

— Brittany va faire partie du spectacle d'Halloween des pom-pom girls anglaises !

Qu'est-ce que c'était que cette histoire ? J'ai froncé les sourcils et émis un bref :

— Quoi ?

— Oui ! Figure-toi qu'une des filles, une des Anglaises, a eu un accident de voiture hier soir ! Et comme Brittany a fait la connaissance de la capitaine, elle lui a

demandé, que dis-je, elle l'a SUPPLIÉE de la remplacer comme ça, sur le vif.

Plus heureuse que moi à ce moment-là, il n'y avait pas. Et re-toc, Mircia!

— Félicitations, Brittany! Tu vas montrer ton exceptionnel talent.

— En fait, j'ai refusé…

— Tu as… refusé? Tu as perdu la tête ou quoi? Brittany, voyons!

J'étais verte. Je comprenais enfin pourquoi Ophélia et Brittany étaient si bizarres en arrivant vers moi tout à l'heure.

— Ne t'inquiète pas, Jade, même si Brittany est furieuse après moi, je suis retournée voir l'entraîneur et la capitaine. J'ai tout arrangé. Brittany va bien se joindre aux autres. Le spectacle est dans deux jours, le soir d'Halloween!

— Vous pouvez dire ce que vous voulez, je n'irai pas, un point c'est tout!

Sur ce, Brittany est partie en courant et a pris la direction de notre chambre. Je suis restée plantée là, abasourdie.

## CHAPITRE 10

# *Réunion au sommet*

— Ophélia, préviens les Étoiles. On se retrouve dans ma chambre dans trente minutes.

Elle a approuvé d'un hochement de tête tandis que je partais au pas de course rejoindre Brittany. Je devais voir clair dans cette histoire. Pourquoi Brittany refusait-elle de participer à ce spectacle ? C'était plutôt sympathique au contraire. Et, à sa place, j'aurais été plus que flattée. Elle allait tous les épater avec son maniement extraordinaire des pompons. À ce niveau, Brittany dépassait tout le monde, je n'ai aucun mal à le reconnaître !

Dans le couloir qui conduisait à notre chambre, j'ai croisé Mircia. Elle était accompagnée de Myrtille, une de ses copines, assez effacée. Elles sortaient de la chambre voisine de la mienne. C'était de cette même chambre que j'entendais des grattements le soir. Il ne m'en fallait pas plus pour comprendre que Mircia le faisait exprès. Cette peste devait savoir depuis le début que je dormais à côté… Oh Scrogneugneu!

En passant à sa hauteur, l'envie était forte de la narguer avec l'arrivée de Brittany dans le spectacle halloweenesque des pom-pom girls anglaises, mais j'ai pensé à mon amie qui était partie en refusant d'y participer. J'ai donc décidé qu'il y avait plus urgent que de fanfaronner! J'aurais bien le temps de le faire plus tard… Bien sûr, à condition de convaincre Brittany, car c'était elle qui avait été choisie et personne d'autre.

Quand je suis entrée dans la chambre, j'ai trouvé Brittany assise sur son lit, ses pompons dans les mains. Est-ce qu'elle était

en train de leur parler avant que j'arrive? J'avais cette impression. En tout cas, elle avait vraiment une attitude de «prise-en-flagrant-délit». C'était trop bizarre!

Brittany semblait contrariée de me voir. Ça commençait plutôt mal. Mais c'était mon amie, je ne pouvais pas la laisser se morfondre pour je ne sais trop quelle obscure raison. J'ai songé aux Étoiles qui allaient bientôt débarquer et, soudain, j'ai regretté de les avoir fait venir si vite. Comment Brittany allait-elle réagir devant cette… invasion? Des fois, être trop nombreux, ce n'est pas l'idéal pour recevoir des confidences.

Depuis combien de temps étais-je là au juste? Je n'avais pas encore ouvert la bouche! Je m'étais contentée de m'asseoir sur mon lit, en face de Brittany. Je me sentais archi-nulle de ne rien trouver à dire. Je voyais bien pourtant que Brittany me regardait de biais, comme si elle attendait que je commence notre «futur» dialogue. C'était lamentable! Rien ne me

venait à l'esprit si ce n'est: «Il faut que tu participes.» Ce n'était pas vraiment génial comme argument ni comme entrée en matière. Brittany a attaqué, boudeuse.

— Je n'irai pas! Inutile d'en discuter. De toute façon, tu ferais bien mieux l'affaire.

Je me suis mise à rire, un peu maladroitement. Allons bon, voilà qu'elle m'offrait sa place! C'était bien tentant rien que pour faire baver Mircia, car Brittany, elle, n'oserait pas trop la narguer.

— Et si tu me disais plutôt ce qui ne va pas, Brittany?

— Je ne vais pas pouvoir utiliser MES pompons! Et sans eux, je… je ne suis rien!

Alors là, je suis tombée de haut. Quoi? C'était pour ÇA qu'elle refusait de participer?

— Tu plaisantes, j'espère? M^me Jordan elle-même viendrait te secouer les puces pour que tu acceptes. C'est méga génial, la proposition que tu as reçue. Tu n'as pas l'air de t'en rendre compte.

— Génial, génial… C'est vite dit. Toi, tu y vois surtout une occasion de faire un pied de nez aux Flammes !

Je me suis rembrunie. Je lui ai rétorqué, mi-fâchée, mi-amusée :

— Ça, c'est un coup bas, Brittany, même si c'est vrai.

Pour la première fois depuis que j'étais entrée dans notre chambre, Brittany a esquissé un sourire. Est-ce à dire que j'avais une chance de la convaincre, de percer sa carapace ?

— J'ai toujours fait mes entraînements avec MES pompons.

Je suis restée sans voix. Jamais encore je n'avais rencontré quelqu'un d'aussi attaché à ses pompons. Passe encore de dormir avec, mais là, ça frisait l'obsession. Bien sûr, je n'allais pas lui balancer ça comme ça. Il fallait du tact… Ce qui me manquait cruellement !

## CHAPITRE 11

# Un secret partagé ?

J'ai été on ne peut plus ravie de voir débarquer les Étoiles ! Sauvée ! Elles allaient peut-être avoir plus de chance que moi.

— C'est quoi ce cirque ! a râlé Brittany devant les copines.

— On vient te supplier d'aller nous représenter, a affirmé Diatou en battant des cils dans une de ses mines typiques et hilarantes.

Brittany ne s'était pas trompée et, malgré la tension qu'elle vivait intérieurement, elle a éclaté de rire. L'absurdité de la situation était franchement trop grande. Diatou excellait pour faire avancer des situations extrêmes de façon parfois incongrue. En

quelques mots, j'ai expliqué que Brittany
ne voulait pas utiliser d'autres pompons
que les siens.

— Ça, je peux comprendre, a clai-
ronné Marisol. C'est un peu comme
Dumbo, vous savez, le Walt Disney…
Il croit qu'il ne peut pas voler sans sa
plume magique !

Ah, Marisol ! Grâce à elle, nous avons
encore ri comme des folles. Bien sûr, nous
avions toutes eu l'occasion de voir le célèbre
éléphant volant ! Mais était-ce une raison
pour en faire un exemple ? Et surtout un
exemple VALABLE, dans la situation de
Brittany ? J'en doutais. J'ai d'ailleurs remar-
qué que Brittany ne riait plus.

— Marisol n'a pas voulu te blesser, tu
sais, Brittany. C'était une image.

Brittany nous a regardées les unes après
les autres, puis elle a observé ses pompons.
Allait-elle de nouveau se réfugier dans son
silence ? L'instant d'après, elle s'est levée et
est sortie. Nous sommes restées silencieuses

devant ce qui avait toutes les apparences d'une… fuite! Quelques secondes plus tard, Brittany est revenue et a fermé soigneusement la porte. D'une voix à peine audible, elle a jeté, le visage plus grave que jamais :

— Mes pompons sont… spéciaux. Il y a comme un lien entre eux et moi.

— Ça frise le délire, là, Brittany, a déclaré Diatou, prête à rire.

— Je savais que vous ne pourriez pas comprendre. Donc, c'est réglé, je ne participerai pas au spectacle. Point final.

— Tu vas un peu loin, Brittany, a insisté Marisol.

— Et comment croyez-vous que j'arrive à faire ce que je fais avec mes pompons ? Hein ? Vous le dites vous-mêmes, jamais personne n'a manié les pompons comme moi. C'est parce que… mes pompons, ils sont… magiques.

Un étrange silence a suivi l'explosion verbale de Brittany. Elle a continué dans un murmure :

— De toute façon, je m'en moque que vous me croyiez ou non.

— Je sais que ce n'est pas vrai, Brittany. Au contraire, tu attaches beaucoup d'importance à ce qu'on peut penser. Une équipe, ça sert à s'épauler, à s'entraider…

C'était Ophélia qui venait de parler. Et elle exprimait pas mal ce qu'on pensait toutes.

— Tu voudrais bien nous faire une démonstration de la « prétendue » magie de tes pompons ?

Diatou défiait Brittany, c'était clair. Brittany a alors posé un pompon rose dans sa paume ouverte. Il n'a fallu que quelques secondes pour qu'il s'élève dans les airs et fasse un triple saut, avant de revenir sagement dans sa main. Brittany n'avait pas bougé d'un poil.

— Alors là, je suis soufflée ! Ils fonctionnent avec des piles, ou quelque chose comme ça ? C'est peut-être un système magnétique…

— Tu peux croire ce que tu veux, Diatou.

— Ils font… vraiment tout ce que tu veux ?

Ophélia s'est assise sur mon lit, subjuguée.

— Oui. Ils étaient à ma mère. Et avant, je ne sais pas à qui.

— Sans doute à un vieux marchand asiatique, dans une boutique en sous-sol… Et il t'a dit de ne pas les nourrir après minuit.

Même Brittany a ri de ma blague. L'atmosphère s'est détendue lentement. C'est sûr que c'était quand même tout un secret à partager.

— Ils fonctionnent comment ?

— Avec beaucoup d'amour et d'attention. Il faut aussi leur parler régulièrement.

Brittany a posé ses deux pompons roses sur le petit bureau. Ils se sont mis en mouvement sans même se cacher, bondissant et rebondissant sur place. Ils semblaient tout heureux de pouvoir bouger

sans contrainte. Des éclats de lumière jaillissaient d'eux à intervalles réguliers. C'était un spectacle hallucinant qu'ils nous offraient. Ils s'étiraient maintenant en longueur, comme deux chenilles qui avançaient en rampant.

— Chapeau bas, Brittany. C'est extraordinaire. Tu es chanceuse!

Je le pensais vraiment. J'avoue que si j'avais des pompons comme ceux-là, je dormirais aussi avec eux sans hésiter. Diatou a brisé ma rêverie en revenant au vif du sujet.

— Brittany, est-ce que tu as au moins essayé de manipuler les pompons orangés et noirs qu'ils veulent utiliser pour le spectacle d'Halloween?

— Vas-y, je te prête les miens, me suis-je enthousiasmée.

— Quoi? Vous voulez que je fasse ça… ici?

— Pourquoi pas? Sinon, on peut aller dans un parc du secteur…

## CHAPITRE 12

# Le journal de Brittany

*Cher journal,*

*Pas chouettosss le moral* ☹☹. *Comme tu peux voir, j'ai même abandonné mon intitulé en anglais. Pourtant, on est toujours à Londres. D'ailleurs, il pleut. Les copines sont parties faire les boutiques. Elles ont insisté pour que je vienne, mais je n'en avais pas du tout envie. J'ai prétexté que je devais m'entraîner pour le spectacle d'Halloween.*

*J'ai finalement accepté d'y participer. En fait, le maniement avec les pompons de Jade ne s'est pas trop mal passé. Il a quand même fallu une bonne demi-heure et beaucoup*

beaucoup de conseils des Étoiles pour que j'arrive à un résultat… acceptable 😊.

Le reste, je le maîtrise, heureusement. Mais quand même. Je ne me sens pas dans mon assiette. J'ai l'impression de… perdre mes repères. De couper le lien avec ma mère en n'utilisant pas ses pompons roses.

Ça me fait bizarre d'avoir partagé mon secret avec les Étoiles. Jade a dit que mes pompons magiques étaient précieux. Je crois qu'elle m'envie. Elle a continué dans son idée et m'a affirmé que je devais avoir confiance en moi pour utiliser d'autres pompons pendant le spectacle. Maman me disait de croire en moi, c'est presque la même chose. J'ai ressenti un élan d'amitié encore plus fort vis-à-vis de Jade. C'est quelqu'un sur qui je peux vraiment compter et c'est vraiment chouettosss 😊😊.

Écrire ces lignes, ça me soulage. Ça m'aide à y voir plus clair. Je suis à Londres (ce n'est quand même pas rien non plus!) et en plus, on m'a choisie, MOI! pour participer à un spectacle avec le groupe anglais des pom-pom girls. *Coolosss!* Haut les cœurs, Brittany, hein, *dear diary* 😊? *Je retrouve le sourire. Et c'est vrai, je ne peux pas être si ridicule que ça quand même avec d'autres pompons. Ce ne sera pas aussi génialosss, mais ça devrait être acceptable...*

*Bye bye* 😊*! Je crois en moi* 😊.

## CHAPITRE 13

# Un cadeau très spécial

J'ai retrouvé Brittany dans notre chambre. Elle continuait son entraînement avec mes pompons. Les siens étaient posés sagement sur le lit, immobiles.

— Ils sont jaloux, ils ne bougent plus.

Je blaguais, bien sûr, et Brittany ne s'y est pas trompée. Elle m'a jeté un clin d'œil. Le cœur heureux, je lui ai tendu une boîte. Intriguée, elle l'a ouverte et a découvert deux très larges bracelets transparents. Incapable de résister davantage, je lui ai expliqué.

— Regarde, tu peux ouvrir par ici et… étant donné leur grosseur, je me suis dit

que peut-être, tes pompons roses voudraient se glisser à l'intérieur.

— Et comme ça, je pourrais les avoir pendant le spectacle?

J'ai hoché la tête, heureuse de voir la surprise évidente de Brittany.

— Tu feras comme Dumbo avec sa plume! Enfin, à condition qu'ils soient aussi efficaces dans ces bracelets…

— Je suis sûre que oui, souffla Brittany.

Elle a ouvert les deux bijoux et a présenté les grandes ouvertures à ses pompons. Les deux se sont étirés comme de longues chenilles et se sont glissés avec aisance dans les bracelets. Le résultat était époustouflant. J'ai enfilé sans attendre les deux bracelets devenus roses au poignet de Brittany.

— C'est magnifique, comme ça! Tu vas faire des envieuses. Ils semblent heureux, ils brillent.

Brittany pleurait. Elle essayait de parler, mais n'y arrivait pas. Elle m'est tombée

dans les bras et au bout de longues minutes, je l'ai entendue dire tout bas :

— Je vais pouvoir les emmener où je veux sans attirer l'attention. Merci, Jade. Merci pour ce cadeau extraordinaire.

— Une chose est sûre, Brittany, avec ou sans pompons, tu es la meilleure ! Fais-toi confiance !

J'étais très touchée par le bonheur évident de Brittany. C'était aussi magique que ses pompons.

Le soir du spectacle, la musique était forte dans la salle décorée pour l'Halloween. Les justaucorps des filles étaient tout blancs. Quand elles tournaient sur elles-mêmes, les jupettes donnaient un effet fantomatique hallucinant accentué par un jeu de lumière adroit. Brittany ne dépareillait pas ce bal fantôme et son corps se mouvait avec fluidité. Les quelques garçons du spectacle, dont William, étaient vêtus en orange et illustraient des citrouilles.

C'était inventif comme représentation. Je me laissais transporter par l'ambiance électrisante. Les pompons noirs et orangés s'agitaient en tous sens et venaient parfois se poser tels des papillons sur les citrouilles mouvantes. Brittany était facile à repérer et faisait des envieuses, dont Mircia qui avait craqué pour ses magnifiques bracelets roses étincelants. Elle lui avait même demandé de lui dire où elle se les était procurés! Incroyable de sa part! C'était une petite victoire personnelle qui me mettait en joie.

Soudain, les lumières se sont éteintes. Je n'ai pas pu m'empêcher de sourire en constatant que les pompons roses de Brittany n'émettaient plus de lumière non plus. Quand la salle a de nouveau été éclairée, il n'y avait plus que les garçons-citrouilles au sol, devant nous. Toutes les pom-pom girls fantômes avaient disparu. Les applaudissements ont explosé dans la salle et on s'est tous mis debout pour montrer notre enthousiasme.

Brittany est allée se changer et nous a vite rejointes. On a terminé la soirée par un bal dans cette même salle. Je n'oublierai jamais ce merveilleux stage de perfectionnement au cours duquel Brittany a partagé son secret avec nous. Ne t'inquiète pas, Brittany, ton secret, il est bien gardé! J'ai une autre image en tête que je n'effacerai pour rien au monde, c'est le visage de Mircia quand William a refusé de danser avec elle!

Au revoir, Londres. De retour chez nous, nous avons organisé une soirée pyjama pour montrer les photos de notre voyage à Kimisam. Elle allait beaucoup mieux et avait une excellente nouvelle à nous apprendre. Son père avait trouvé du travail.

— Pour l'instant, c'est un contrat de six mois, dans une librairie. C'est nouveau pour mon père, ça. Mais il y a une chance pour que cela se transforme en emploi à long terme.

— Chouette, je vais pouvoir avoir des réductions sur l'achat de mes livres! a gloussé Ophélia.

Nous nous sommes mises à rire du propos léger d'Ophélia. J'ai senti que c'était le moment de remettre notre cadeau à Kimisam.

— Ce cadeau est de notre part à toutes, Kimisam.

Quand elle a ouvert la boîte et a aperçu les boucles d'oreilles, elle a crié à en briser toutes les vitres de ma chambre. Elle nous est tombée dans les bras l'une après l'autre. La seconde suivante, et malgré le fait qu'elle était en pyjama, elle les a enfilées.

— Elles sont super belles. Merci… merci beaucoup!

Au son du CD de hip-hop apporté par Kimisam, notre soirée a continué dans la même ambiance et s'est conclue par une dégustation des barres de chocolat noir apportées par Marisol.

# TABLE DES MATIÈRES

## L'AUTEURE

Les livres ont toujours tenu une place importante dans le cœur d'Agnès Ruiz. Devenir auteure était un rêve de jeunesse qu'elle a réalisé. Elle dit que l'écriture est une porte ouverte sur l'imagination, une porte qui n'a aucune frontière... Agnès Ruiz est franco-canadienne. Elle est mariée au romancier Alain Ruiz et ils ont trois enfants. Elle a écrit plusieurs romans, dont certains se sont vendus à plus de 250 000 exemplaires. *Pom-pom girls* est la première série de romans qu'elle publie chez Parfum d'encre.

# Pom-pom girls
## TOME 3

# Tous les coups sont permis !

Catastrophe! Les confidences que les Étoiles s'échangent au vestiaire se retrouvent dans un blogue! Tout le monde est donc au courant de leurs petits secrets. Quelqu'un les espionne et s'en prend particulièrement à Jade. Devant tant de méchancetés, comment les Étoiles réagiront-elles?